보란 듯이 걸었다

창비
청소년
시선
26

보란 듯이
걸었다

김애란 시집

창비

차
례

제1부   ●

미안하다
그날

여자답게 걸어라 10

양성 불평등 12

승애 이마 13

그날 14

시험 전야 16

캡숑 18

이상한 벌점 20

밥 많이 주세요 22

선화 언니 24

신발 26

패밀리 28

베이비 박스 100미터 전 29

싱글 대디 맘 32

있을 곳이 없다 34

가출 팸 36

좋으실 대로 38

제2부

첫눈

앵두술 40

별밤 42

붕어빵 44

첫눈 46

잊을 수 없는 이름 48

진짜 아빠 50

손 52

열아홉 살 엄마 54

그 여자가 홍시를 좋아할 것 같다 56

두고 봐라 58

다시 생각해 볼게 60

고백 62

허공에 걸린 집 64

고치고 싶지 않은 버릇 66

미안해 68

제3부 ●

나는
열일곱 살
택배 기사

나는 열일곱 살 택배 기사 70

눈발 72

두 번째 알바 73

기억나지 않습니다 모릅니다 74

우리들의 인사법 76

봄 78

휙휙 쓩쓩 뿅뿅 80

짜장 뷔페 82

언제쯤 83

짜장면 배달 84

컵라면과 삼각김밥 그리고 초콜릿 86

알바 후유증 88

두루마리 휴지 90

스파이더맨 92

월급날 94

제4부

급식
먹으러

급식 먹으러 98

사이다 100

로또를 샀다 102

걸어간다 104

방문을 연다 106

우리 동네 사람들 108

그림자 110

참 다행이죠 112

아이러니 114

우리 누나 116

서운한 생각 118

미안하데이 120

그럴 수도 있다는 거 122

그럼 얼마나 좋아 124


해설 125

시인의 말 136

제1부

미안하다
그날

# 여자답게 걸어라

친구들은 내 걸음걸이가
예쁘지 않다고 한다
남자 같다고 하는 친구도 있다
그때마다 난
내 걸음걸이가 어때서?
당당하게 반문한다

엄마도 종종 여자애 걸음걸이가
그게 뭐냐고 야단친다
같이 어디를 갈 때면
여자답게 걸으라고 면박을 준다
그럴 때 난
두 팔을 힘차게 흔들며
더 씩씩하게 걷는다
무릎을 쭉쭉 펴고
빠르게 걷는다
이게 내가 이 세상을 살아가는
나만의 방식이라는 듯이

여자다운

나다운

꽤 괜찮은 방식 아니냐는 듯이

# 양성 불평등

후다닥 체육복 갈아입고
소젖 먹던 힘까지 짜내 운동장으로 달린다
오늘은 우리도 축구다! 다짐했건만
내 짝지 팔뚝보다 굵은 곤봉을 휘두르며
어슬렁어슬렁 걸어오는 체육 샘 포스 작렬이다
내 다짐은 슬그머니 꼬리를 내린다
남자들은 축구하고 뺑 —
여자들은 피구나 해 휙 —
체육 시간마다 되풀이되는 상황
샘은 딸 없어요?
우리도 축구하겠다는 말 대신
뜬금없는 질문이 튀어나왔다
아들 없냐고 물어야지 인마
샘 말에 웃겨 죽겠다는 아이들
전교생이 양성평등 글짓기 한 게 엊그젠데
우리 학교 체육 시간엔 양성 불평등 쩐다

# 승애 이마

딱!
총소리와 함께 아이들이 달려 나간다
와!
응원의 함성이 일제히 하늘로 치솟는다
반짝거리는 햇살 속을 달려가는 아이들
그 틈에 한 손으로 앞머리를 이마에 붙인 채
달리는 우리 반 대표 연이가 있다
팔을 크게 움직여야 속도가 더 붙는다는 걸
모르는 게 아니다
앞머리가 바람에 날리는 게 싫은 거다
기껏해야 20초도 안 되는 찰나
빨리 달리는 것만이 중요한 이 짧은 시간에
연이는 예쁘게 보이는 게 더 중요한 거다
두 팔을 힘차게 움직이며
연이 뒤에서 달리던 옆 반 승애가
쑥 앞서 나간다
훤히 드러난 승애 이마가
햇살에 반짝 빛난다

# 그날

그날은 기억력이 참 좋기도 하지
한 달에 한 번 잊지도 않고
꼬박꼬박 찾아오니 말이야
자존심도 없는 그날
내가 끔찍하게 싫어하는데도
찾아와서는 일주일씩 머물다 가네
자존심 없긴 나도 마찬가지
싫어 죽겠으면서도
며칠 전부터 맞을 준비를 하네
손수건을 빨아 두고
학교 화장실이며 공중화장실
뻔질나게 들락거리며 휴지를 모아 놓지
20세기 가장 위대한
발명품 중의 하나라는 생리대
친구들한테 빌리는 것도 하루 이틀
보건 샘한테 달래기도 하루 이틀
그걸 언제쯤 맘 놓고 써 보나
그땐 그날도 기분 좋게 맞아 줘야지

미안하다 그날

# 시험 전야

배고픈데 저녁 다 됐어?
아빠가 소파에 앉아 티브이 채널을 돌리며
저녁밥을 재촉한다
엄마는 주방에서 찌개를 끓이며 생선을 굽고 있다

우리 집에서 제일 일찍 일어나
아침 해 놓고 출근했다가
저녁이면 퇴근하자마자
부랴부랴 저녁밥 하는 여자

바쁜 엄마를 모른 척하자니
불 위에 올라앉은 기분이다
시험공부 하다 말고
주방으로 가서 일을 거든다
반찬을 꺼내 놓고 숟가락을 놓으면서도
시험 때문에 조바심이 난다

아직 멀었어? 아빠가 또 재촉한다

이제는 아예 소파 팔걸이를 베고 누워 있다
엄마가 정신없이 집안일을 하는 동안
아빠는 저렇게 편한 자세로
회사에서 받은 피로를 푼다

그렇게 배고프면 아빠가 생선 구우면 되잖아!
뾰로통한 목소리로 소리쳤더니
아빠가 놀란 눈으로 바라본다
졸라 짜증 나!
엄마한테도 톡 쏴붙이고
방문을 쾅 닫고 들어와 버렸다

# 캡숑

달리기도 짱
축구도 짱
태권도 농구 배구 모두
짱인 내 꿈은 체육 선생님

할아버지가 뭐 될 거냐 물으셔서
체육 선생님 될 거라 했다
할아버지는 얼굴을 찡그리며
국어 선생님도 있고
영어 선생님도 있는데
왜 하필 체육 선생님이냐 하신다

땡볕에 까맣게 그을리고
추운 데서 떨어야 하는데
뭐가 좋다고 체육 선생님이냐
여자가 하기엔 안 좋다
할아버지 목소리에 불만이 가득하다

얼굴 까매져도 상관없고
추위도 괜찮다
어른 돼서도 푸른 운동장을
맘껏 뛰어다닐 수만 있다면
키가 한 뼘 작아진대도 캡숑이다

# 이상한 벌점

치마 길이 짧다고 벌점을 받았다
이제 더 늘일 단도 없다 했더니
새로 사 입고 오란다
해진 데도 없고 낡지도 않은 치마를
다시 사라니
구제 시장에서 세 벌에 오천 원 하는
옷만 사는 엄마한테
이 비싼 교복을 다시
사 달라고는 할 수 없다
지퍼 대신 옷핀 꽂아 내려 입고
윗옷으로 가린 채 학교 갔다
또 걸려서 벌점 추가
하는 수 없이 엄마하고 구제 시장 가서
교복 바지와 색깔 같은 바지 사서
엉덩이 빵빵하게 줄이고
길이도 발목까지 오게 줄여 입었더니
무사통과
바지는 통이 좁든 길이가 짧든

벌점이 없다

# 밥 많이 주세요

4교시 끝나는 종이 울리기도 전에
엉덩이가 들썩들썩한다
선생님 목소리는 영혼 없이
귓가를 스쳐 지나가고
배꼽시계 소리만 요란하게 들린다

끝나자마자 튀어 나가기 위해
영원이 수정이 산유 재경이 다들
한쪽 발이 벌써 책상 밑을 벗어나
통로에 나와 있다

그중에 재경이 다리가 제일 길다
저 긴 다리를 제치고
내 이 짧은 다리가 일등을 하려면
제일 먼저 교실을 빠져나가야 한다

종이 울리자마자 튀어 나간다
계단도 두 칸씩 건너뛴다

제일 먼저 교실을 나왔는데
재경이가 내 앞에서
계단을 서너 칸씩 건너뛰어 간다

조리사 아주머니들이 재경이 급식판 가득
밥을 퍼 주신다 반찬도 수북하다
내게는 재경이의 반만 주신다
더 달라고 하니 조금 더 주신다
조금만 더 주세요 하니
쬐끄만 여자애가 많이도 먹네 하신다
제가 쟤 팔씨름 이겨요
축구도 더 잘해요
수북이 쌓인 급식판을
보란 듯이 들고 걸었다

# 선화 언니

이제는 옆집 선화 언니를 볼 수 없다
언니가 빌려 달라던 구만 원을 빌려줬더라면
언니는 그렇게 허망하게 가지 않았을까

전단지 돌려서 번 돈 구만 원
스마트폰 사고 싶어 모으던 돈
선화 언니는 재개발 지구 낡고 좁은 쪽방
다 쓰러져 가는 집도 싫고
무능한 아빠도 싫고
허리 아픈 할머니 고생하는 것도 보기 싫고
가출한 엄마를 기다리는 것도 지겨워졌다고
멀리 떠나고 싶다고
차비 빌려주면 꼭 갚겠다고

언제부턴가 학교도 다니지 않던 언니는
핏덩이만 낳아 놓고
다시 올 수 없는 곳으로 가 버렸다
차비가 들지 않아서 그곳을 선택했을까

아무도 몰랐다
언니가 임신했다는 거
그리고 그곳으로 갈 거라는 거

아프지 말고 잘 살아
언젠가 언니가 건넨 한마디
언니는 너무 많이 아팠구나
뒤늦게 눈물이 쏟아졌다

그깟 스마트폰이 뭐라고
그깟 단톡 안 들어가면 어때서
미안해 선화 언니

# 신발

배가 불러 오자 엄마는 집을 나가라 했다
자식이 아니라 웬수다 니는
어데 가서 콱 뒈져 뿌리라
대문 밖으로 신발을 던져 버렸다

웬수라는 말이 가슴에 박혔다
배 속의 너도 웬수일까?
너 때문에 자퇴했고 알바에서 잘렸고
집안에서 웬수가 됐다

엄마가 던진 신발을 신고 찾아온 쉼터
미혼모들이 모여 앉아 바느질을 한다
제 아기가 신고 걸을 신발을 만든다

아기들이 신발을 신고 아장아장 걸을 때쯤
우리는 무엇을 할까
누구는 학교로 누구는 직장으로
누구는 집으로 돌아가겠지만

신발 나란히 벗어 놓을 곳 없는 나는
어디로 가야 하나

오늘은 숙자 언니 아기가 입양되고
현지가 아기를 키우겠다고 안고 나간 날
너의 신발을 만들다 바늘에 찔린 손가락에
핏방울이 맺힌다

# 패밀리

집 나간 엄마 소식 없고
재혼한 아빠 관심 없고
새엄만 나만 미워하고
이복동생 날 무시한다

이런 패밀리 필요 없어
저지른 가출
이 골목 저 골목
이 공원 저 공원
이 피시방 저 피시방

돌고 돌다 만난 애들
처지 비슷한 우리끼리
새 패밀리 만들었다

다섯 평도 안 되는 원룸
넷이서 부대껴도
외롭지 않아 좋았다

# 베이비 박스 100미터 전

괴테의 「마왕」 패러디

늦은 밤 어둠과 바람을 뚫고 빠르게 걷는 이 누군가?
그녀는 아이를 품에 안은 열여덟 살 어린 엄마
아이를 팔로 꼭 껴안고 포근하게 감싸고 있네

딸아, 무엇이 두려워 얼굴을 숨기느냐?
엄마, 마왕이 보이지 않나요?
왕관을 쓰고 옷자락을 늘어뜨린 마왕이
딸아, 그건 엷게 피어오르는 안개란다

사랑스러운 아이야, 나와 함께 가자!
가서 함께 재미있는 놀이를 하자꾸나
호숫가에는 알록달록 꽃이 피어 있고
내 어머니는 황금 장식으로 네 옷을 꾸며 줄 거야

엄마, 엄마, 들리지 않으세요?
마왕이 나에게 달콤하게 속삭이는 소리가
조용히 해라, 내 아가야, 너의 상상이란다
그건 슬픈 바람이 나뭇잎을 흔드는 소리란다

귀여운 아이야, 함께 가자꾸나
내 아들들이 멋진 차림으로 너를 기다리고 있단다
내 아들들이 밤마다 무도회를 열어
네가 잠들 때까지 춤추고 노래할 거란다

엄마, 엄마, 보이지 않으세요?
저 어두침침한 곳에 있는 마왕의 아들들이
딸아, 내 딸아, 똑똑히 보이는구나
그건 오래된 잿빛 버드나무가 아른거리는 거란다

너를 사랑한다. 네 아름다운 모습이 마음에 드는구나
그러니 네가 원하지 않는다면, 억지로라도 데려가야겠다
엄마, 엄마, 그가 나를 꽁꽁 묶어요!
마왕이 나를 잡아가요!

두려움에 떨며 열여덟 살 어린 엄마는 급히 걸어가네
신음하는 아이를 꼭 껴안고서

그녀가 비탄과 걱정에 싸여 베이비 박스에 도착했을 때
품 안에 있는 아이는 자고 있었네

## 싱글 대디 맘

자식새끼 다 키웠다 했더니
다 늙어 고생문이 요래 훤히 열릴 줄
내 어찌 알았겠노?
아침부터 엄마의 넋두리가 또 시작됐다

내 나이 열여덟
내가 사랑한 그녀는 내게
아이만 안기고 사라졌다
아이는 엄마 차지가 되었다
나는 아이를 위해 학교를 그만두었다
분유며 기저귀 옷 신발……
사야 할 것들이 너무 많았다

니 씨니까 니가 책임져라
일용직인 아빠는 처자식만으로도 버겁다고 했다
그러게 조심했어야지
학교도 못 다니고 니나 나나
이기 뭔 고생이고?

엄마는 분유를 먹이면서도
기저귀를 갈면서도 어김없이 푸념이다
부쩍 흰머리가 늘어난 싱글 대디 맘

아 쫌 그만 쫌 하라고요
미안한 맘에 공연히 화를 냈다

# 있을 곳이 없다

니가 무슨 연예인이기를 해?
아님 모델이기를 해?
뭔 할 짓이 없어서
동성연애야 동성연애가?
소문은 우리 집 대마왕
엄마 귀에도 들어갔다
엄마는 나를 볼 때마다
벌레가 스멀스멀
목덜미로 기어 올라가기라도 하는 양
얼굴을 찌푸린다
요즘 트렌드가 튀는 거라더니
튀어 보려고 기를 쓴다 기를 써
아빠는 아예 어릿광대 취급이다
아유, 내가 창피해서 못 살아
내 친구들한테 소문나면
그땐 너 죽을 줄 알아
오빠는 대놓고 협박이다
학교 친구들 무서워서 자퇴했는데

무서운 가족들 피해 가출해야 되나
가출하면 어디로 가야 하나
맘 편히 있을 곳이 없다

# 가출 팸

처음엔
외롭지 않아 좋았지
나를 이해해 주는 패밀리
아프면 약 사다 주는 패밀리
따뜻해서 좋았지

날이 갈수록
가진 돈 다 떨어져 갈 때
은영이랑 미정이랑
저녁마다 나갔다 오는 이유
알면서 모른 척
진수가 도둑질해 온 라면
알면서 모른 척
며칠 만에 나도 도둑질에 가담하며
양심이 우는 소리 듣고도 모른 척

모른 척하는 생활이
지겨워졌지

그래도 혼자서는 이 세상 무서워
우리끼리 만든 새 패밀리
다섯 평 원룸 가출 팸에서 살아가지

# 좋으실 대로

햇살 따사롭고
바람 산들거리는 주말
모처럼 가족 나들이 가기로 한 날이다
아침부터 낮은 통굽 샌들 신으려는 엄마와
하이힐 신으라는 아빠의 팽팽한 실랑이가 한창이다
하이힐 신으면 날씬해 보이고 예쁘잖아
아빠의 간섭은 집요하다
엄마가 통 넓은 꽃무늬 바지를 입으면
아빠는 할머니나 입는 몸뻬를 왜 입냐고 타박한다
숏커트 하고 오면 기를 때까지 내내 못마땅해한다
낮은 통굽 구두는 여포 구두라며 신지 말란다
여자이길 포기한 구두라나 뭐라나
이러다 나가기도 전에 산통 깨질 것 같아 급수습
그렇게 하이힐이 좋으면 아빠가 신어!

제2부

첫눈

# 앵두술

엄마와 이모가 시골 할머니네
뒤란에서 따 온 앵두로 술을 담갔다
앵두 알들이 술병 안에서
서로 이마를 맞대고 앉아 있다
저마다 뒤란의 기억을
술병 안에 풀어놓으며
단 한 번 떠오르지 않는 앵두 알들
엄마와 이모가 앵두술병 앞에
쪼그리고 앉아 한참을 들여다본다
그녀들은 저렇게 앉는 게
버릇이 되었다
쪼그리고 앉아 양파를 다듬고
나물을 무치고 설거지를 한다
십 년 넘게 해 온 식당 일
단 한 번 떠오르지 않고
밑바닥에서 살아간다는 건
저렇게 이마를 맞대는 것일까
두 여자가 술병 안의 앵두 알들처럼

이마를 맞대고 앉아 있다
때로 씨앗 같은 속내
드러내 놓기도 하면서

앵두술 익으면 너도 한잔 마셔 봐
이모가 나를 보고 웃는다
앵두술은 어떤 맛일까?
시골 할머니가 따 주시던 앵두 맛일까?
엄마 몰래 마시던 술맛일까?

# 별밤

잔뜩 술 취해 들어온 아빠가
고래고래 소리를 지른다
이 양반이 와 이카노?
술 취했으믄 고이 잠이나 처자소 그마
엄마가 아빠를 재우려 하자
내 안 취했다
어데 하늘 같은 남편한테 처자라 하노?
뺨 때리는 소리
이쪽 뺨도 마저 때리라 오늘 니 죽고 내 죽제이
더는 이래 맞고는 몬 산데이
울며불며 대드는 엄마
아빠가 엄마를 쳐서 넘어뜨린다
와 죄 없는 엄마를 때리고 그라요?
오라, 가재는 게 편이라고 니 지금 엄마 편드나?
가시나가 어데 아부지한테 대드나?
니도 맞아 봐야 단디 정신 차리제?
사정없이 팔 휘두르는 아빠 피해 도망 나왔다

대문 밖에서 아빠 잠들기만 기다렸다

— 아따, 별이 억수로 많데이

— 그라네

담장 아래 나란히 앉아 밤하늘을 바라봤다

## 붕어빵

엄마 정신 병원 가 있고
새아빤
엄마랑 이혼할 거니
나더러 나가 살란다
예끼 이눔,
갈 데 없는 어린 걸
어찌 내쫓으려는 게여
그럴 때마다 내 편 들어 주는
욕쟁이 할머니가 고맙다
데려온 자식이라고 그렇게도 미워하더니
엄마 저렇게 되고 나서부터 잘해 준다
알바 끝내고 오는 길에 가끔
붕어빵 사다 할머니 방에 디민다
돈 아쉬운 년이 뭐 이런 걸 다 사 와
하면서도 맛나게 먹는다
니년도 먹어 봐
뜯어 먹던 붕어빵을 내미는 할머니
그년도 좋아혔는디 지지리도 복 없는 년

어쩌다 몹쓸 병에 걸려서
그년 저년 복 없는 년은 엄마다
울컥 눈물이 솟는다
괜히 또 붕어빵 샀나 보다

# 첫눈

첫눈 내릴 때까지
봉숭아 꽃물 남아 있으면
첫사랑이 이루어진대
엄마는 내 손톱에
봉숭아 꽃물을 들여 주었다

어린 내게 무슨 첫사랑이 있다고
그건 엄마의 첫사랑일 거다
얼굴도 모르는 아빠일 거다
속으로 그렇게 생각했다

엄마는 첫눈 내리는 날
아빠가 돌아올 거라 믿었다
해마다 첫눈이 내렸지만
아빠는 돌아오지 않았다

첫사랑은 이루어지지 않는 거야
첫눈 오는 날 엄마가 떠났다

밤마다 외할머니는 엄마를 욕했다

첫눈이 내리는 오늘도
할머니는 또 엄마를 욕하다 잠들었다
어쩐지 할머니 욕은 걱정으로 들린다
엄마는 어디에서 첫눈을 맞고 있을까
좀처럼 잠들지 못하는 밤이
소록소록 내린다

## 잊을 수 없는 이름

담장 안 능소화나무 한 그루
능소화꽃 좋아하는
엄마가 심었다는 꽃나무
아빠 술 마시고 들어와 행패 부릴 때
능소화나무 아래 앉아 떨곤 했다
언닌 엄마 얼굴 기억나?
응, 참 예뻐
눈 코 입 너랑 똑같아

능소화꽃 피면
엄마가 돌아올까
물을 듬뿍 주었다
피어나라 피어나라
주고 또 주었다
한 송이 두 송이……
꽃은 피어
담장을 올라가고
내다보는 골목길

엄마는 오지 않네

여름 한낮
담장 위에 흥건히 고여 있는
주황빛 눈물
언닌 엄마 이름 알아?
응, 윤소화

잊을 수 없는 그 이름
능소화 닮은 윤소화

# 진짜 아빠

엄마 집에 갔다 온 날은
아빠한테 맞았다
따귀도 맞고
머리도 맞고
정강이도 걷어차였다

어느 날은 입술이 터지고
어느 날은 앞니가 부러지고
여기저기 멍 들었지만
울지 않고 버텼다
난 잘못한 게 없으니까
무조건 때리고 보는
아빠가 싫으니까

버티고 버티다
엄마 집으로 도망쳤다
때로는 자식도 부모를
선택해야 할 때가 있다

나는 친아빠가 아닌
새아빠를 선택했다

트럭 운전사인 새아빠는
내게 욕을 하지도
날 때리지도 않는다
엄마랑 나를 트럭에 태워
놀러 가기도 하고
예쁜 애가 내 딸이라고
사람들한테 자랑도 한다
새아빠가 진짜 내 아빠다

# 손

외할머니 돌아가시고
대처로 시집간 언니 이혼하고 와
저수지에 빠져 죽은 뒤로 엄마는
외할머니가 되었다가 언니가 되었다가
엄마가 되었다
그런 엄마가 아니 외할머니가
어쩌면 언니가 치사량의 수면제를 먹었다
병원에서 위세척을 하고도
일주일 내내 혼수상태였다
운 좋게 깨어난 엄마한테 아버지는
왜 가다 도루 왔누?
이 허허로운 시상 뭔 미련이 있다구
공연히 허허로운 시선을 창밖으로 돌린다
정 서방, 우리 정애 에미 잘 부탁하네
때리지두 말구 일도 시게 시키지두 말게나
외할머니가 아버지 팔뚝을 쓸어내린다
별말 없이 헛기침하는 아버지
빚 다 갚고 오라고 강아지 한 마리 줘서

돌려보내던디유 엄마가 해죽 웃는다
그라믄 자네가 삼천갑자 동방삭만큼 살아야겠네
안 그랴? 그랴유 아부지
언니 어깨를 지그시 누르고
담배 물고 나가시는 아버지 등이
반백 년 가까이 심어 가꿔 온 콩꼬투리를 닮았다
미안하데이 내 손을 더듬어 잡는 손
외할머니 손이면서 엄마 손이면서 언니의 손
콩 덤불을 긁어모으던 갈퀴손이
내 손을 꼭 잡는다

# 열아홉 살 엄마

엄마가 돌아가시고 나자 아버지가 말했습니다
맘 단단히 먹그라 이제부턴 니가 엄마인 기라
소시지 같은 동생 기주와 경주는
나를 언니라 부르면서
젊은 엄마로 여겼습니다 뭐든
다 할 수 있는 젊디젊은 엄마 말입니다
그렇게 기주와 경주 언니 연주는
나이 열아홉에 엄마가 되었습니다
낡은 희망빌라 지하방으로 이사할 때
젊은 엄마는 방에 핀 곰팡이도 긁어내고
화장실 찌든 때도 닦아 내면서
엄마 노릇을 했습니다
그러더니 다니던 학교를 그만두고
공장엘 다니기 시작했습니다 아르바이트로는
딸내미들 건사하기가 벅찼던 거지요 물론
아버지가 먼저 공장에 다니고 있었지만
아버지는 월급 대신 빚을 받아 오곤 했습니다
공부도 다 때가 있는 긴디

아버지 말씀이 맞을 수도 있지요 그렇지만
연주는 엄마인걸요
이제 우리 집에 공부만 해도 되는 큰딸은 없습니다
돈 벌어다 두 딸 공부시켜야 하는
엄마만 있는 거지요 그래서 큰딸은
아니 엄마는 죽은 엄마가 하던 대로
지친 몸을 구부리고 밤마다 쪽잠을 잡니다

# 그 여자가 홍시를 좋아할 것 같다

엄마가 돈 벌어 오겠다며
집을 나가던 날은 대문 옆 감나무에
홍시가 주렁주렁 열리던 가을이었다
엄마 찾아오겠다고
아빠가 떠나던 날도 홍시가 흐드러졌다

엄마가 오지 않는 건
돈을 다 못 벌어서일 거라고
아빠가 오지 않는 건
엄마를 찾지 못해서일 거라고
나는 해마다 잘 익은 홍시를 먹으며 생각했다

니 어미는 벌써 재혼했고
아비는 베트남 여자랑 겨울에 재혼현다
할머니는 어두운 눈으로
홍시에 붙은 텃검불을 털어 냈다
나는 물러 터진 홍시를 꾸역꾸역 먹었다

걱정 말어 니 아비 여서 살 거여
니 새엄마 될 그 여자가 그러자 혔댜
베트남 여자라 그런가 여간 착한 게 아닌가 벼
할머니가 어여 더 먹으라고
홍시 바구니를 내 앞으로 밀었다

아빠 오면 같이 먹자
니 아빈 홍시 싫어하잖여
나는 못 들은 척
홍시를 냉동실에 꽉꽉 쟁여 두었다

## 두고 봐라

오랜만에 닭볶음탕이 올라왔다
닭 날갯짓하듯 재빨리
닭 다리를 집어 오려는 순간
엄마의 젓가락이 내 젓가락을 막는다
니 오빠 거데이
오빠 밥 위로 사뿐 내려앉는 닭 다리
다른 하나를 집으려는 순간
니 아부지 거데이
아버지 밥 위로 사뿐 내려앉는 닭 다리
아 씨, 나 밥 안 먹어
젓가락을 탁 놓는 순간
내 정수리로 거세게 떨어지는 숟가락
어데서 배 먹은 버르장머리고?
니 오빠는 힘내 공부해가 대학 가야제
니 아부진 힘내가 돈 벌어 와야제
니는 공부도 몬하는 가시나가
뭔 닭 다리 타령이고?
내 니는 안 낳으려다 놔 놨다 문딩 가시나

찍소리 말고 아무거나 처묵으라
나는 오늘도 저녁 밥상에서 닭 다리 대신
공부 못하는 설움만 처먹고 있다

두고 봐라 굽은 소나무가 선산 지킨다더라

# 다시 생각해 볼게

이놈의 가시나 여태 퍼질러 자냐?
얼른 일어나 상 차려
지만이도 있는데 왜 나만 갖고 그래?
머리까지 이불 뒤집어쓰면
아, 얼렁 안 일어나?
이불이 휙 날아간다
아 씨, 투덜대며 반쯤 감은 눈으로
반찬 꺼내고 숟가락 놓으면
눈 반짝 못 떠?
엄마가 등을 후려치려 한다
후다닥 도망쳐 세수하고 머리 감으면
피도 안 마른 대가리는 왜 매일 빨어?
옷 입고 있으면
엉덩이 터지겠다
멀쩡한 치마는 왜 줄이고 난리여?
지만이도 바지 줄였는데 왜 나한테만 그래?
꽥 소리치면
니가 지만이랑 똑같어?

잽싸게 국에 밥 말아 마셔 버리면
여자애가 밥 먹는 꼬라지하고는
쯧쯧쯧 혀를 찬다
친구라도 만나러 나가는 게 낫다 싶어
아껴 둔 워커 꺼내 신으면
똥 멋이 단디 들었네
웃겨서 배창시가 끊어지겄다 가시나야
아침부터 실컷 잔소리 들었더니
나야말로 배창자가 끊어질 듯 쓰리다

엄마 늙어 꼬부랑 파파할머니 되면
내가 모시고 살려 했는데
근디?
다시 생각해 볼게
뭐시?
또 잔소리 퍼부을까 봐 후다닥 튀어 나왔다

# 고백

너와 헤어지고 집으로 간다
빗물이 빠르게
하수구로 몰려가는 밤
비틀거리며, 비틀거리며
돌아가는 길
육 년 동안 메고 다닌 낡은 가방 위로
죽죽 찢어진 가방끈 같은
비가 곤두박질친다
소망을 조제할 것 같지 않은
소망약국을 지나
시든 꽃이 많은 꽃집을 지나
알바생이 졸고 있는 편의점을 지나
내 그림자가 나를 질질 끌고 간다
젖은 어둠이 툭, 툭, 부러져
익사하는 거리
전광판 불빛이 폭우로 쏟아진다
폭우 저 너머
허름한 지붕을 우산처럼

받쳐 들고 서 있는 우리 집
저 집엔 집 나간 아빠를 기다리며
빗줄기처럼 말라 가는 엄마가 있다
사랑해
네게도 하지 못한 고백을
처음으로 엄마한테 했다
왜 눈물이 날까

# 허공에 걸린 집

외할머니 댁에 혼자 남겨진
내 마음엔 검은 커튼이 내려졌다
검은 벽지 검은 커튼 검은 계단
온통 검은색으로 둘러싸인 내 마음은
얼마 지나지 않아 내 몸을 벗어나
허공에 내걸렸다
내 마음으로 올라가는 허공의 계단엔
까맣고 못생긴 개가 지키고 있다
주인인 나조차도 함부로 계단을 올라갈 수 없다
안으로 들어가 편히 쉴 수가 없다
아빠가 남동생만 데리고 떠난 뒤로
창문이 열린 적도
커튼이 젖혀진 적도 없는
나의 마음
이 빈집을 지키는 검은 개는
누가 얼쩡거리기만 해도
날카로운 송곳니를 드러내고 사납게 짖어 댄다
나도 언제부턴가 내 빈집에 들어가기 싫어졌다

마음을 허공에 걸어 둔 채
빈 몸으로 학교에 다니고 아르바이트를 한다

담임한테 혼나고
알바에서 잘리고
오늘은 너무 피곤한 하루
허공에 걸린 집으로 들어가 볼까
계단을 오르려는데 검은 개가 사정없이 짖어 댄다
주인도 몰라보는 사나운 개 뒤에서
빈집이 허파 꽈리처럼 대롱거리고 있다

## 고치고 싶지 않은 버릇

엄마 집에 갔다가 감기약을 놓고 왔다
지난번에는 핸드폰을 놓고 오는 바람에
금방 다시 갔다 왔는데
이번에도 다시 갔다 와야겠다

엄마 집에 물건을 두고 오는 버릇이 생긴 건
한 달에 한 번씩만 만나자고 했을 때부터다
언제는 주황색 형광펜을 두고 왔다

주황색 형광펜은 엄마가 사 준 거다
엄마는 형광펜을 찾는다고 집 안 구석구석
다 뒤져 본다지만 찾지 못할 거다
형광펜은 냉장고 밑에 꼭꼭 숨어 있을 테니까

내가 가서 찾아볼게
그거 없으면 공부가 잘 안돼
나는 형광펜을 핑계로 일주일이 멀다 하고
엄마 집으로 달려간다

아빠도 내가 그 형광펜 없이는
공부 잘 못 한다고 믿기 때문인지
뭐라 하지 않는다
형광펜이 없어서가 아니라
엄마가 없어서 공부 안된다는 거
아는지 모르는지

언젠가 엄마가 형광펜을 찾아낼지도 모른다
그때엔 또 다른 내 물건을 두고 와야지
그래도 된다면 나를 두고 오고 싶다

# 미안해

봉숭아꽃 필 때쯤 엄마가 간대서
뜰을 지날 때마다 봉숭아더러 그랬네
이쁘지 늦게 늦게 피어라
물을 줄 때는 미안해 정말 미안해 하면서
조금씩 주었네
내 짝꿍 인수만큼 착한 봉숭아는
빨리 피지 않으려는 듯
힘센 햇살 아래서 가느다란 고개를 숙였네
창백한 목덜미에서는 햇살이
눈부시게 흘러내렸네
샌들 같은 꽃잎 한 장 열지 못한 봉숭아는
창문이 닫힌 집 안의 먼지처럼 말라 죽었네
봉숭아꽃 한 송이 피지 않았어도
가을은 오고 엄마는 떠났네
나는 말라 죽은 봉숭아를 뽑네
미안해 미안해 정말 미안해
눈물 한 방울 메마른
봉숭아 줄기 위로 툭 떨어지네

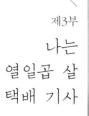

제3부
나는
열일곱 살
택배 기사

# 나는 열일곱 살 택배 기사

하루 칠만 원 준다기에
이게 웬 떡이냐 덤벼들었지요

떡인 줄 알았던 택배 알바
김 씨 아저씨 어깨 파열되어 그만두고
박 씨 아저씨 다리 부러져 그만두고
차 씨 아저씨 뇌진탕 걸려 응급실행

하루에도 열두 번 그만두고 싶지만
당장 아쉬운 게 돈
그만둘 수 없답니다

엘리베이터 고장 나면 계단으로
사람 없으면 경비실로
무거운 짐 갖고
올라갔다 내려갔다

물건 없어져 물어내도

억울하다 하소연할 수 없고
다리에 힘 풀려도 쉴 수 없는
나는 열일곱 살 택배 기사랍니다

# 눈발

자전거를 타고 시장에 간다
시장 골목에서 어묵 파는 엄마한테
도시락 갖다주러 간다
힘껏 페달을 밟을 때마다
핸들에 걸어 놓은 도시락이 무릎에 부딪힌다
따끈한 밥이 식기 전에 갖다드려야지 쌩쌩 달린다
자전거 옆으로 스쳐 지나치는 교복 입은 학생들
허드레옷 입고 자전거 탄 내가 이방인 같다
새벽부터 엄마랑 물건 떼 오고
시장까지 손수레 끌고 가고 끌고 오고
이것저것 엄마 일 돕다
무단결석 일 주 이 주 삼 주……
미련 다 버린 줄 알았는데
교복만 보면 가슴이 두근거린다
있는 힘껏 페달을 밟는다
차가운 눈발이 얼굴에 달라붙는다
담 주엔 학교로 돌아갈까 어쩔까
어지럽게 달라붙는 눈발

# 두 번째 알바

알바 끝내고 집에 오면
몸이 천근만근
간신히 씻고
삼각김밥과 컵라면을 먹는다
마지막 국물까지 삼키고 나면
눈이 저절로 감긴다
이대로 자면
학교 애들한테 뒤처질까 봐
참고서를 펼친다
감시하는 사장님처럼
부담스러운 삼각함수
트집 잡는 손님처럼
까다로운 미적분
머리가 지끈거리는 밤공부
또다시 알바하는 것만 같다

# 기억나지 않습니다 모릅니다

동물 병원에서 알바한 지
일 년이 지났다
아침 여덟 시면 출근해서
강아지 오줌똥 치우고
씻긴 뒤 사료를 준다
천연 수제 사료를 먹는 금수저 녀석들도 있다
내 배도 사정없이 꼬르륵거린다
집에서 밥 먹은 게 언제인지
기억나지 않는다
새엄마는 내가 밥 먹는 걸 싫어한다
티브이를 켠다 티브이에서는 연일
청문회가 열리고 있다
기억나지 않습니다 모릅니다
천연 수제 사료에는 영양소가 골고루 들어 있다
금수저 녀석들에게 한두 알씩 적게 주고
그걸 내가 먹는다
월급으로는 아침까지 사 먹을 수가 없다
점점 새엄마를 닮아 가는 아빠도

이제 대놓고 눈치를 준다

대학도 가지 말란다

대학 가고 싶은데 등록금 언제 다 모으나

조금만 더 버티자 조금만 더

사료를 꼭꼭 씹어 삼킨다

제 사료 뺏긴 걸 아는지

금수저 녀석 하나가 왈왈 짖어 댄다

티브이에서는 거듭

기억나지 않습니다 모릅니다

## 우리들의 인사법

병원 문을 열고 들어서자
강아지들이 일시에 나를 반긴다
팔딱팔딱 뛰는 녀석
왈왈 짖어 대는 녀석
엉덩이 흔들어 대는 녀석
내가 뭐라고 이렇게나
반갑게 맞아 주는 걸까
지금껏 이토록 온몸으로
나를 반겨 주는 이는 없었다
새엄마도 아빠도 이복동생도
나를 반기지 않는다
나는 그저 조용히 집에 들어가
쪽잠을 자고 얼른 나온다
우리가 강아지면
저렇게 무턱대고 좋아라
온몸으로 인사 나눌까
나는 강아지들 하나하나
손 잡아 주고 코를 비비고

등을 쓰다듬어 준다
한구석에서 내 눈치를 보는
절름발이 녀석에게 말을 건넨다
초코야, 안녕?
우리 코코 할까?
초코 코에 내 코를 대고
살살 비빈다
초코가 혀로 내 턱을 핥는다

# 봄

가족 여행 다녀올 동안
중성화 수술 해 달라며
맡기고 사라진 주인을
봄은 필사적으로 찾는다

낯선 병원 낯선 사람 낯선 친구들
작은 봄이 몸을 바들바들 떤다
눈에 눈물이 고인다

마취 주사를 맞고
스르르 눈을 감는 봄
잠드는 저 짧은 순간에도
주인을 그리워할까

봄은 자기가 왜
이곳에 왔는지 알지 못한 채
잠들었다가 수술이 끝난 뒤
깨어날 것이다

깨어나서
낯선 자신을 보고
화들짝 놀라겠지

쇼윈도 밖에는 봄꽃이 한창이다
봄에 꽃이 피는 게 아니라
낙엽이 진다면
사람들은 화들짝 놀랄까

새근새근 자고 있는 봄을
수술대에 누이는데
눈앞이 흐려진다
수의사를 돕는 내 손이
바들바들 떨린다

## 휙휙 쓩쓩 뿅뿅

알바비 받은 저녁
짜장면 먹는 꿈 꿨다며
입맛 다시던 동생이랑
짜장면 시켜 먹는다
짜장면 소스 같던 동생 얼굴이
모처럼 환해졌다
젓가락에 짜장 면발 휘휘 감으며
회오리란다 자기는
회오리 잡아먹는 괴물이란다
면발 길게 늘어뜨려
쭈욱 빨아들이고는
용 꼬리 삼키는 무적 파워맨이란다
입가에 잔뜩 묻은 소스 핥아먹으며
형아, 양념 조금만 먹으면 안 돼?
응, 조금만 먹어
양념을 조금 먹고도 아쉬운 듯
입맛을 쩍쩍 다신다
한 달 있다 또 사 줄게

내 말에 동생은
목이 꺾어져라 고개를 끄덕인다
한 달아 빨리 지나가라
휙휙 쏭쏭 뿅뿅
남은 양념 냉장고에 넣으며
주문을 외워 본다
휙휙 쏭쏭 뿅뿅

## 짜장 뷔페

알바 끝내고 와
늦은 저녁을 먹는다
어제 짜장면 시켜 먹고 남겨 둔
양념 꺼내 밥 비벼 먹는다
어제는 짜장면
오늘은 짜장밥
짜장면 두 그릇 시키면
짜장밥이 두 그릇
동생이 이름 붙인 짜장 뷔페다
내일도 짜장 뷔페 먹으면 좋겠다
그치, 형?
자꾸 먹으면 질려
한 달에 한 번이 딱이야, 인마
동생 이마에 딱밤을 먹였다
맞은 건 동생인데
내 이마가 뜨끔했다
동생은 아무렇지 않은지
짜장밥만 퍼먹고 있다

# 언제쯤

옷 가게 알바 사장님
껌 짝짝 씹으며 왔다 갔다
손님 뜸한 좁은 가게 안을
또닥또닥 구두 소리 요란하다
그새 손님 올까 봐 귀 틀어막을 수도 없어
문제집 펴 놓고 고스란히 듣고 있다
너 지금 뭐 하니?
갑자기 사장님이 꽥 소리치신다
깜짝 놀라 얼떨결에
사장님이 손님 없을 때 공부해도 된다고……
대꾸하는 가슴이 콩닥거린다
그랬나? 그랬지 그래도 손님이 너무 없잖니
공연히 나한테 신경질이다
안 되겠다 알바,
니가 손님인 척 이 옷 저 옷 골라 봐 손님 좀 모이게
휴, 손님이 있어도 못 하고 없어도 못 하는 밀린 공부
언제쯤 맘 편히 할 수 있을까

# 짜장면 배달

너의 집으로 올라가는 아파트
엘리베이터 안에서 모자를 푹 눌러쓴다
어떤 이는 나를 보고 눈을 흘기고 가고
어떤 이는 고개를 갸웃거린다
네게 들키고 싶지 않은 나는
검은 마스크도 쓴다

2, 3, 4, 점점 가까워지는 너의 집
갑자기 엘리베이터가 멈춰 선다
내가 찾아올 때마다 고장 나는 엘리베이터
너의 집은 7층에 있고
너의 집으로 올라가는 엘리베이터 안에
검은 마스크를 하고
모자를 푹 눌러쓴 내가 갇혀 있다
철가방 안에선 옛 여친에게
배달해야 하는 짜장면이 불어 가고
네가 좋아하는 짜장면보다
더 맛깔나게 사랑하고 싶었고

면발보다 더 찰지게 너를
그리워했던 내가 갇혀 있다

— 가난하다고 해서 사랑을 모르겠는가
내 볼에 와 닿던 네 입술의 뜨거움
사랑한다고 사랑한다고 속삭이던 네 숨결
돌아서는 내 등 뒤에 터지던 네 울음
가난하다고 해서 왜 모르겠는가
가난하기 때문에 이것들을
이 모든 것들을 버려야 한다는 것을*

나와 읊던 시를 너는 잊었을까

* 신경림 「가난한 사랑 노래」에서.

# 컵라면과 삼각김밥 그리고 초콜릿

학교 알바 집, 학교 알바 집
다람쥐 쳇바퀴가 따로 없다
학교 다니며 죽어라 알바해서
생활비 보태고
빠듯하게 용돈 쓰고 나면 빈털터리
쓸쓸한 맘에 철주한테 간다
철주 알바하는 편의점에
햄버거 가게 알바하는 진만이 와 있다
얼굴만 봐도 속맘 알아채는 친구들
월급 탔다고 컵라면 쏘니
진만이 삼각김밥 쏜다
때론 알바 대신 뛰어 주는 셋이서
후루룩 쩝쩝 냠냠
컵라면에 삼각김밥 먹는다
배고플 때 먹어
편의점 나올 때
철주가 초콜릿을 쥐여 준다
아버지 병원비 보태야 한다고

단기 알바까지 뛰는 녀석
초콜릿색 어둠이 짙게 깔린 골목길을
덜렁덜렁 진만이와 둘만 걸어가자니
철주한테 여간 미안한 게 아니다

# 알바 후유증

알바 없는 날
너를 만나 식당에 간다
너와 담소 나눌 때
식탁 벨이 울린다
네, 가요
나도 모르게 잽싸게 일어나
달려가려 한다
식당에서 알바하며
배어 버린 습관
일터 아닌 곳에서도
불쑥불쑥 튀어나온다
머리를 긁적이는 내 앞에서
씁쓸하게 웃는 너

모처럼의 데이트
근사하게 마무리하고 싶어
식당을 나와 카페에 간다
너와 눈싸움하고

같은 음악을 듣고
맑은 유리문으로
같은 곳을 바라보는 즐거움
네 가느다란 새끼손가락에
내 새끼손가락을 걸고
처음으로 약속이라는 걸 하려는데
카페로 들어서는 손님들
어서 오세요
발딱 일어서는 너를
가만히 당겨 앉힌다
얼굴 빨개진 너를

# 두루마리 휴지

오늘 비가 와서
신발이 다 젖었다
내일 알바 가려면
밤사이 말려야 한다
드라이기로 말리는데
잘 마르질 않는다
일하고 들어온 엄마
옷 입은 채 쪼그리고 누워
앓는 소리를 한다
새 신발 사 달라는 말이
목구멍에 걸려 나오지 않는다
전기 좀 아껴 쓰라니까
갑자기 엄마가 꽥 소리친다
그럼 운동화 사 줘
나도 꽥 소리치고 말았다
야단칠 줄 알았는데
엄마가 조용하다
알바비 받으면 전기세 줄게

툴툴거리며 두루마리 휴지 풀어
신발 속에 넣어 둔다

가만 보니
엄마 신발도 젖었다
나란 자식 엄마한테
드라이기는 못 돼도
두루마리 휴지는 될까
엄마 신발 가득
두루마리 휴지 넣어 둔다

# 스파이더맨

아버지는 스파이더맨이 아니다
고층 아파트 꼭대기에서부터
달랑 밧줄 하나에 매달려
솔로 창틀 먼지를 닦고
실리콘을 빵빵 쏘아 대는
아버지는 창틀 실리콘처리업자일 뿐
지구를 구하러 종횡무진 허공을
날아다니는 스파이더맨이 아니다
갈라지고 깨진 창틀로 빗물이
새어 들지 않게 땜질하는 땜장이라고
옆집 아주머니가 하는 소리를 들었을 때
스파이더맨과 땜장이라는 말이
연결되지 않아 혼란스러웠던 적이 있다
다 아는 사실인데도 아버지는
아직도 형과 내게
아버지가 스파이더맨이라고 한다
네, 맞아요 아버지
아버지는 스파이더맨이에요

빗물에 꼼짝 못 하고 끙끙 앓는 현대인들에게
없어서는 안 될 영웅이죠
그 누가 밧줄 하나에 매달려
그들을 구해 낼 수 있겠어요
스파이더맨만이 할 수 있는 일이죠
지금은 허리 다쳐 일 못 나가는
다 늙은 스파이더맨
휴학계를 낸 그의 첫째 아들이
스파이더맨 2세가 되어
현대인들을 빗물로부터 구해 내려 한다

# 월급날

아빠는 월급날이면
치킨을 사 들고 들어오셨다
보너스 타는 날에는
탕수육도 사 오셨다

오늘 내 생애 처음 월급을 탔다
아빠도 월급날이면 이런 기분이었을까
실실 웃음이 난다

하루가 멀다 하고 야근하고
휴일엔 잔업까지 꼬박 한 달
최저 임금도 안 되게 받았지만
내가 번 돈이다

아빠 약값도 할 수 있고
동생 학용품도 사 주고
생활비도 보탤 수 있다

오늘은 월급날이니까
아빠가 그랬던 것처럼
치킨을 사 들고 집으로 간다
갑자기 내가 훌쩍 큰 것 같다

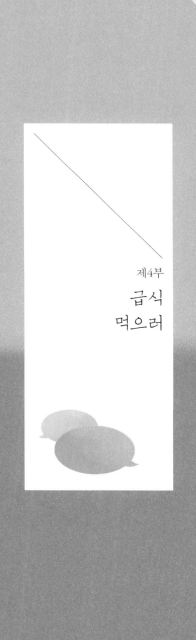

제4부

급식
먹으러

# 급식 먹으러

3교시 끝난 쉬는 시간에 학교 온 민수
4교시 내내 엎드려 잔다
자려고 왔냐?
옆구리 쿡 찔렀더니
오늘 급식 돈가스잖아

4교시 끝나 갈 때 쓱 들어온 준식이
오늘 급식 돈가스라며?
헤벌쭉 웃는다

민수랑 준식인
툭하면 지각생
뻑하면 결석생
우리 반 맡아 놓은 꼴찌와 꼴찌서 두 번째
맛난 급식 나올 때만 학교 온다

쟤들은 숙제가 뭔지도 모르면서
급식 메뉴는 어떻게 저렇게 잘 아냐?

돈가스를 우적거리며 창대가 묻는다

것도 모르냐, 짜샤?
담임이 전화로 알려 주잖아
졸업장이라도 받게 하려고
담임이 무지 애쓰는 거 모르냐, 짜샤?
꼴찌에서 세 번째인 나도 오늘
담임 전화 받고 학교 왔다
돈가스 먹으러

# 사이다

소금 먹어 가며 훈련하고 있는데
유기농 피자와 치킨 음료수가 배달됐다
체육부원 스물여덟 명이
피자 네 조각 치킨 반 마리
무알코올 피나콜라다라나 뭐라나
이름도 생소한 음료수 한 잔씩
먹을 수 있는 양이었다
부잣집 딸인 선민이 생일이라고
벤츠 타고 학교 들락거리는
선민이 엄마가 쏘는 거였다

애들은 환호성 지르며 맛나게 먹는데
난 자꾸만 목이 막혔다
지금껏 단 한 번도 부잣집 딸 선민이
부러운 적 없었는데
그날은 눈물 나게 부러웠다
해 쨍쨍할 때도 달 밝을 때도 별 하나 없을 때도
함께 땀 흘리며 훈련하는 체육부 친구들한테

시원한 사이다 한 캔씩이라도 돌리고 싶어
돈 모은 지 몇 주째
아직 더 모아야 했다

당첨되면 사이다 한 상자 배달해 준다는
라디오 프로그램에 체육부 이야기와
선민이 생일날 이야기 써 보냈더니
거짓말처럼 당첨됐다
친구들과 땀방울 줄줄 흘러내리는 얼굴로
사이다를 들이켰다
사이다가 그렇게 시원하고 맛난 적은 처음이었다

# 로또를 샀다

차상위 계층 자녀에게 대학이 희망이 될 수 있을까
알바하다 곤두박질친 성적
희망이 되어 줄지도 모르는 대학이 한층 멀어지는 저녁
걱정 마래이 내 빚을 더 내서라도 니 대학은 꼭 시킬 기
데이
어디서 술을 마시고 들어오셨는지 아버지 횐소리가
창틈에 드는 바람만큼 차갑고 길게 늘어진다
육십 평생 빚에 허덕이다 허리가 꼬부라진 아버지
아버진 언제쯤 허리 펴고 살 수 있을까
나뭇가지에서 눈이 한 무더기 떨어져 내리듯
푹 내려앉는 병든 어머니 한숨 소리
알바비 받아 생활비 보태고 나면 학용품 사기도 빠듯한 돈
큰맘 먹고 로또를 샀다
한 방 터져라 번호를 찍을 때마다 간절해지던
하느님 부처님 조상님 나의 사랑하는 님들
고생하시는 부모님 빚도 갚아 드려야지
학원도 다니고 대학도 가야지
두근거리는 희망으로 나는

벼락에 맞을 확률보다 낮다는 당첨을 꿈꾸며
난생처음 로또를 샀다

# 걸어간다

감기를 달고 사시는 우리 할머니
요즘 들어 부쩍 감기가 잦다

알바 끝내고 퇴근하는 길
집 가는 버스 보내고 걸어간다
아침에 걸어온 길 되짚어 걸어간다

한 달 버스비 모으면 사만삼천 원
이 돈이면 보일러 빵빵하게
틀어 드릴 수 있을까

할머닌 걸어 다니지 말고
꼭 버스 타라 성화지만
난 괜찮다

아무리 찬바람 살을 에도
눈보라 앞을 가로막아도
집 가면 보일러처럼 따뜻한

할머니가 계시니까

엄마 아빠 다 날 버렸어도
끝까지 나와 함께 살겠다는
우리 할머니가
날 기다리고 계시니까

# 방문을 연다

틀어진 친구들과의 관계가
나를 방 안에 가둬 놓았다
무단결석 한 달째
담임도 포기했는지 전화가 없다

오가는 사람들의 다리만 보이는 반지하방
눅눅한 벽에 기대어 창밖을 내다본다
변변히 가져갈 것 없는 방 창문엔
녹슨 창살이 구시대의 유물처럼 붙어 있다
창살 너머 어딘가로 향하는 수많은 다리
저 다리들이 닿을 곳은 어디일까?

창틀 아래로 돈벌레가 기어간다
돈벌레 많으면 부자 된다고 믿는
엄마의 믿음은 언제쯤 끝이 날까
십 년 넘게 돈벌레가 득실거리지만
부자란 언제나 이 방 밖의 이야기다
돈 없어 이리저리 빠지는 나를

따 시킨 내 친구들 얘기다

창틀 밑을 기어가던 돈벌레가 갑자기 방향을 튼다
햇살 가득한 창밖 세상이 궁금한 걸까
수많은 다리를 움직여 재빨리 창틀 위로 올라간다
햇살 속으로 가면 돈벌레는 금방 죽을지도 모른다
아는지 모르는지 창밖으로 툭 뛰어내리는 돈벌레
그래 반지하는 갑갑해
나는 힘껏 방문을 연다

## 우리 동네 사람들

행복슈퍼 앞에 동네 노인들 몇 모여 있다
비좁은 평상에 궁둥이를 붙이고 앉아
수다를 떠는 노인들
팔다리 어깨 무릎 허리
안 아픈 데가 없다는 낯익은 노인들이
내가 인사하기도 전에 손짓한다
핵교 댕겨와?
배고파 우는 내게 말라 가는 젖을 물렸다는
앞집 할머니가 묻는다
선상님 말씀 잘 들었제?
일 나간 엄마 아빠 기다리는 날 데려다
저녁 먹여 재웠다는
뒷집 할머니가 묻는다
어미 아비 생각해서 공부 열심히 햐
엄마한테 혼나고 쫓겨날 때마다
방문 열어 품어 준 옆집 할아버지
내가 무슨 대통령도 아닌데
돌아가며 손을 꼭 쥐고는

도무지 놔주질 않는다
어여 가 공부혀
막대 사탕 하나 건네며 넌지시 내 등을 미는
행복슈퍼 할아버지
우리는 머잖아 뿔뿔이 흩어져야 하는 이웃들이다
재개발 구역으로 지정된 우리 동네
가난한 우리는
새로 짓는 우리 동네에서 살 수 없다

## 그림자

너는 날마다 내 일거수일투족을 샅샅이 살핀다
나는 매일 아침 일곱 시면 일어난다
어떤 날은 늦잠을 자서
출근하는 엄마를 못 볼 때도 있다
그런 날은 너도 늦게 일어난다
서울우유를 마시고 굽지 않은 식빵에
딸기잼을 발라 먹는다
너와 내가 하는 일이라는 게
아침부터 똑같다는 게 아이러니다
검은 옷 한 벌로도 당당한 너
왜 나는 너를 닮지 않았을까?
닮고 닮긴 했지만 난
한 계절 두세 벌은 있으면서
메이커 뽐내는 애들 앞에서
주눅 들기 일쑤다 당당하라고
가난은 죄가 아니라고
나를 응시하는 검은 눈동자의 파파라치
너의 눈은 온통 눈동자로 덮여 있다

신호 위반 차량을 찾아 헤매는 카파라치 오빠도
눈동자가 눈보다 더 커 보인다
오빠 눈에 띄는 신호 위반 차량처럼
나는 늘 네 눈에 띈다
너는 내가 바라는
사장님 좋은 알바 자리를 바라고
내가 꿈꾸는 연애를 꿈꾼다
검지로 돼지 코를 만든 채 생각하는
자세도 똑같다
스타도 아닌 나를 스릴 있게 따라다니는
스타킹처럼 집요한 스토킹
편의점까지 따라와 내가 하는 알바도 같이 한다
괜스레 트집 잡는 손님에게 짜증 내고 싶은데
너는 아랑곳하지 않고 손님에게 친절하다
그런 너 때문에 나도 손님에게 친절하다
어느새 내가 너의 그림자가 되었다

## 참 다행이죠

내겐 고양이가 한 마리 있어요
밥 안 주면 밥 달라고 보채고
심심하면 같이 놀자 응석 부리는
철없는 고양이죠

그렇지만 내가 알바 끝내고 돌아와
피곤한 몸으로 쓰러지면
작은 혀로 내 볼을 핥아 줘요
오늘도 수고했어, 하는 뜻이죠
내게 그렇게 말해 주는 사람 아무도 없으니까

내가 간신히 일어나 밀린 공부를 할 때면
내 무릎으로 올라와
가만히 내 숨소리에 귀 기울여요

밖에서 갸릉갸릉거리며
다른 고양이들 뛰어다녀도
엄마처럼 날 버리고 나가지 않죠

이따금 내가 한숨을 내쉴 때면
내 슬픔을 알기라도 하는 양
냐옹냐옹 울어요

내 머리맡에서 자다가
아침 일찍 나를 깨우기도 하죠
알바에 늦지 말라는 거예요

맨날 술타령인 아빠보다
더 가족 같은 고양이
내겐 그런 고양이가 한 마리 있어요

# 아이러니

자퇴하고 나자
내 옆에 아무도 없었다
네 꿈이 뭐니?
뭘 하고 싶니?
같이 찾아보자
말해 주는 사람 없었다
일찍 뛰어든 사회생활
뭐가 뭔지 알 수 없었다
막· 막· 했· 다·

친구 일에 휘말려 받게 된
보호 관찰
내 막막함을 덜어 주었다
기죽지 마
꿋꿋하게 살아
경찰 아저씨의 격려가
사회에서 받은 유일한 관심
다음 달이면

보호 관찰도 끝나는데
어디 가서
이런 따뜻한 관심
받을 수 있을까

다시
막· 막· 해· 진· 다·

# 우리 누나

교회 김장 김치 담그기 행사에 누나랑 갔다
산더미처럼 쌓인 배추를 날랐다
누나는 배춧속을 넣었다
저녁때가 다 되어 김장이 끝났다
온몸이 쑤셨지만 이 집 저 집 배달도 했다

비탈길 꼭대기 녹슨 파란 대문 집
기울어진 마루에 김치통을 내려놓았다
고개 숙여야만 들어갈 수 있는 방문을 열고
전도사님과 들어간 방 안은 침침했다
좁은 방 한쪽에 머리가 하얗게 센 노파가 누워 있다
얼굴이 시든 감자처럼 쭈글쭈글한 노파는
전도사님 손을 꼭 잡고는 놓을 줄을 몰랐다
고맙심더 콜록콜록 고맙심더 콜록콜록
연신 고맙다는 말을 하며 전도사님 손등을 쓰다듬는 노
파, 우리 할머니

누나는 교회에서 가져온 밥과 찬으로 밥상을 차려

할머니 앞으로 당겨 주었다

할머니, 아 해 봐

절인 배춧잎에 김칫소를 싸서 노파 입 속으로 밀어 넣는
누나

내가 교회를 열심히 다니는 것도

학교를 열심히 다니는 것도 다 우리 누나 때문이다

할머니 때문에 힘든 우리 착한 누나가

나 때문에 더 힘들어질까 봐서

## 서운한 생각

햇볕이 들지 않는 지하방
엄마가 한쪽 다리를 쭉 뻗고 앉아
뜨개질한다
엄마는 십 년이 넘도록 저렇게
왼쪽 다리보다 짧은
오른쪽 다리를 뻗고 앉아
목도리를 뜨고 장갑을 뜨고 수세미를 떠 왔다
곰팡이 핀 방구석에 엄마가 뜬 것들이
수북이 쌓여 있다

엄마가 다리를 주물러 가며 뜬 뜨갯것들은
엄마가 직접 복지관 앞에서 팔기도 하고
다른 가게에서 떼어 가 팔기도 한다
가게 주인들이나 손님들 모두 하나같이
솜씨 좋다 한다고 엄마가 자랑한다

아빠도 엄마가 뜬 뜨갯것들이 효자라며 좋아한다
좁은 방 안에 나뒹굴어도

어구, 우리 효자들, 하며
조심스레 한쪽으로 치워 둔다
내가 방에 엎드려 공부할 때는
한쪽에서 하라고 내 허리를 발로 민다
그럴 땐 좀 서운한 생각이 든다

# 미안하데이

허리 아픈 아빠 대신
군고구마를 팝니다

따끈따끈한 군고구마 사 가세요
한 봉지에 오천 원
아빠가 하던 대로 소리치지만
목소리가 잘 나오지 않습니다

사람들이 보고 그냥 지나쳐 가면
창피하고 속상한 맘에
장작 하나 화덕에 냅다 던져 넣습니다
장작불이 활활 탑니다

다시 용기를 내
함 드셔 보세요
노릇노릇 따끈따끈 맛있어요

군고구마를 팔면서도

아빠가 걱정입니다
밥도 못 먹고 누워 있을 아빠
미안하데이
힘없이 말하던 아빠

군고구마 다 팔면
아빠가 좋아하는
순댓국 한 그릇 사 가렵니다

미안하데이
귓가에 울리는 아빠 목소리
조그만 내 목소리를 키워 줍니다
한 봉지에 오천 원!

# 그럴 수도 있다는 거

누군가 죽었다는 소식을
기다릴 수도 있다는 거
정말 그럴 수도 있다는 걸
나는 일찌감치 깨달았다
회사에서 잘린 아빠가 선택한
제2의 직업은 장례 대행업이다
누군가 죽었다는 소식이 오면
아빠는 장례식장으로 달려간다
누군가의 몸을 닦고 수의를 입히고……
슬픔에 찬 누군가의 가족들이
누군가를 잘 보내 드릴 수 있도록 돕는다
아빠의 일은 날마다 있는 게 아니다
가끔 있는 일이 좀 더 자주
일어나기를 바라는 아빠를 나는 이해한다
아빠 일을 돕고 장례식장에서
서빙 알바도 하는 스무 살 휴학생 오빠도
다시 복학해야 하고
나도 밀린 등록금 내야 하니까

밀린 공과금도 내야 하니까
그럴 수도 있다는 거

## 그럼 얼마나 좋아

우리 집 부엌에는 시루가 하나 있습니다
엄마 결혼할 때 외할머니가 주셨다는 시루
엄마는 시루에다 콩나물을 키웁니다
쥐눈이콩을 쏟아붓고 날마다 물을 줍니다
쥐눈이콩은 물만 먹고도 쑥쑥 자랍니다
까만 껍질을 벗고 노란 콩나물이 됩니다
이쁘기도 하지, 으째 요리 이쁘다냐?
엄마는 나보다 콩나물을 더 예뻐합니다
그도 그럴밖에요
콩나물은 반찬값이라도 덜어 주지만
나는 뭐 하나 제대로 하는 게 없습니다
어쨌든 잘 자라는 콩나물 때문에
우리는 매일같이 콩나물 반찬을 먹습니다
콩나물밥 콩나물국 콩나물무침 콩나물냉채
반찬이란 반찬에 다 콩나물이 들어갑니다
나는 콩나물시루를 볼 때마다 속으로 생각합니다
저 안에 콩나물이 아닌 고기가 자라고 있으면
얼마나 좋을까

# 십 대들의 현실에 천착하는 시

**김고연주** 서울시 젠더자문관·작가

## 우리가 잘 몰랐던 청소년들

청소년은 '우리 사회의 미래'라고 불린다. 성인이 되어 우리 사회의 주역이 될 청소년들이 어떻게 성장하느냐에 따라 우리 사회의 미래가 달려 있다는 의미이다. 그런데 아이러니하게도 대부분의 사람들은 청소년이 여전히 '미성숙'하기 때문에, 어른들이 관리, 훈육해야 한다고 생각한다. 어른들은 청소년들의 옷차림도, 머리 모양도, 하루 일과도, 장래 희망도 정해 준다. 이러한 관리와 훈육은 성적, 곧 대학 입시에 맞춰져 있다. 좋은 대학에 합격하는 것은 부모의 기대에 부응하는 일이자 자신의 성공, 지인들의 부러움을 담보하기에 어른들은 "지금은 공부만 하고 나머지는 대학 가서 실컷 해.", "다 너를 위해서야, 조금만 참아."라고 당당히 말하곤 한다. 청소년들이 미래를 위해

125

현재를 희생하고 유예하는 것은 당연하다고 생각하기 때문이다. 그래서 우리 사회는 청소년들에게 연애도, 노동도, 정치도 허용하지 않는다. 부지런히 집과 학교를 오가며, 공부에만 전념하라는 어른들의 말에 순종하는 '착한' 학생, 딸, 아들이기를 요구한다. 우리 모두 청소년에 대한 이러한 이미지와 기대에 익숙해져 있다. 그래서 김애란 시인의 시는 우리에게 낯설다.

시인은 제도권 학교 울타리 바깥에서 살아가는 이른바 '학교 밖 청소년'의 삶을 소재로 한 청소년시집『난 학교 밖 아이』(창비교육, 2017)에 이어 이번 시집에서도 화자 대부분을 학교 밖 청소년으로 내세운다. 지금까지 우리 사회에서도, 시인들에게서도 관심받지 못했던 학교 밖 청소년들을 시로 만나는 것이 낯설면서도 반갑다.

이 시집의 화자인 청소년들은 자신의 일상을 담담하게 이야기한다. 이 청소년들의 얼굴도, 이름도, 학년도 알 수 없고, 성별과 가족 관계도 짐작만 할 따름이지만 이들은 공통점이 있다. 우리 사회가 흔히 생각하는 청소년의 이미지와는 상당한 차이가 있다는 점이다. 부모의 전폭적인 지원을 받으며 한 자라도 더 공부하는 것이 아니라, 돈을 벌어 가족의 병원비를 대고, 전기세도 낸다. 돈을 버느라 학교에 못 가기도 하고, 자퇴를 하기도 한다. '정상 가정'이 아니라 가출, 별거, 이혼, 재혼을 한 부모를 두었거나 조부모와 산다. 부모님이 돌아가셨거나 장애인이거나 병환 중이기도 하다. 술주정에 폭행까지 하는 아버지를 피해 친구들과 가출 팸에서 생활하기도 한다. 연애를 비롯해 성과 거리가 먼 존재가 아니라, 피임에 실패해 비혼모, 비혼부가 되고, 성소수자로서의 정체성을 찾기도 한다. 가족과 친구들에게 보살핌과 위로를 받는 것이 아니라, 강아지와 고양이가 유일한 안식처인 청소년도 등장한다.

이들은 우리가 잘 몰랐던 청소년들이다. 왜 몰랐을까? 우리 사회가 청소년들을 '미래'라고 호명하면서 정작 이들의 '현재'는 들여다보지 않았기 때문이다. 우리 사회가 만들어 놓은 청소년상에 들어맞지 않으면 무관심하거나, 애써 외면해 왔기 때문이다. 시인은 지금까지 그다지 조명받지 못했던 청소년들의 '현재'를 집중해서 그리고 있다. 이렇게 시인은 소외된 청소년들에게 한 손을 내밀고, 우리들에게 다른 손을 내밀어 청소년들과 우리를 연결해 주는 매개자 역할을 하고 있다.

## '소녀'에서 '십 대 여성'으로

이번 시집에서 눈에 띄는 것은 십 대 여성이 화자인 시가 상당히 많다는 점이다. 십 대 여성들은 성별과 연령이 중첩되어 많은 억압과 규제를 받고 있다. 우리 사회가 십 대 여성에게 기대하는 것 역시 성별화되어 있다. 그 기대는 '소녀'라는 단어에 응축되어 있다. 안전한 학교와 집을 오가며 공부에 전념하는 순진무구한 소녀들. 낙엽만 굴러도 꺄르르 웃음을 터뜨리는 해맑고 즐거운 소녀들. 성적 대상이 될 수는 있어도, 성적 주체는 될 수 없는 소녀들. 보호라는 이름의 규제와 훈육에 순종해야 하는 소녀들. 십 대 여성에 대한 우리 사회의 이 같은 시선과 기대는 공고하다.

하지만 십 대 여성들의 현실은 이러한 이미지와 큰 차이가 있다. 2018년 세계적인 미투 운동과 함께 들불처럼 일어난 스쿨 미투는 십 대 여성에 대한 우리 사회의 시선과 기대를 보기 좋게 부수었다. 많은 여성들이 교내 성폭력을 경험하고도 말하지 못했던, 강요된 오랜 침묵을 지금의 십 대 여성들이 마침내 깬 것이다. 또한 십 대 여성들은 용기와 결단과 연대를 통해 지금까지 없었던 새로운 변화를 만들어 냈다.

김애란 시인이 십 대 여성들에게 주목하는 것은 이러한 시대적·사회적 변화와 맥을 같이한다. 규제와 훈육의 대상으로 간주될 뿐 자기 삶의 주체성을 지닌 존재로 인정받지 못했던 십 대 여성들이 성평등 사회로 나아가자는 목소리를 높이고 있다. 자신들의 경험과 생각을 드러내고, 우리 사회의 가부장성을 비판하고, 대안을 모색하고, 대책 마련을 촉구하고 있다. 이러한 현실에서 십 대 여성들의 목소리가 담긴 시들을 만나는 것은 큰 기쁨이 아닐 수 없다.

## 현재와 공명하는 시들

　김애란 시인의 시에는 최근 부상한 십 대 여성과 관련한 이슈들이 담겨 있어 생생한 현재성을 지닌다.

　우선 젠더에 관한 시들이 눈에 띈다. 「양성 불평등」, 「승애 이마」, 「캡숑」은 '여성과 운동은 가까워질 수 없다'는 지난한 인식을 다룬다. "남자들은 축구하고 뻥― / 여자들은 피구나 해 휙―"(「양성 불평등」), "기껏해야 20초도 안 되는 찰나 / 빨리 달리는 것만이 중요한 이 짧은 시간에 / 연이는 예쁘게 보이는 게 더 중요한 거다"(「승애 이마」), "땡볕에 까맣게 그을리고 / 추운 데서 떨어야 하는데 / 뭐가 좋다고 체육 선생님이냐 / 여자가 하기엔 안 좋다 / 할아버지 목소리에 불만이 가득하다"(「캡숑」). 남학생들은 축구를, 여학생들은 피구를 하라는 선생님, 달리는 순간에도 예쁘게 보이는 것이 중요한 연이, '여자가 무슨 체육 선생님이냐'는 할아버지까지 너무나 익숙한 장면들이다.

　"치마 길이 짧다고 벌점을 받았다"(「이상한 벌점」), "엄마도 종종 여자애 걸음걸이가 / 그게 뭐냐고 야단친다"(「여자답게 걸어라」), "하이힐을 신으면 날씬해 보이고 예쁘잖아 / 아빠의 간섭은 집요하다"(「좋으실 대로」). 걸음걸이마저 평가받으며, 신발도 옷도 마음대로 착용하지 못하는 여성들은 몸의 자유를 누리지 못한다. 더불어 여성들이 운동을 하면서 땀 흘리고, 흙

먼지 뒤집어쓰고, 고함지르고, 햇볕에 타고, 근육이 생기는 것은 '여성답지 못하다'고 평가받는다. 누가 더 예쁘고, 날씬하고, 조신한지를 끊임없이 비교당하고 평가받는 여성들은 냉혹한 자기 검열과 외모 경쟁에 내몰리게 되는 것이다.

하지만 '여성다움'에 대한 믿음, 추구, 강요가 있는 현실에도 십 대 여성들은 주눅 들지 않는다.


샘은 딸 없어요?
우리도 축구하겠다는 말 대신
뜬금없는 질문이 튀어나왔다
아들 없냐고 물어야지 인마
샘 말에 웃겨 죽겠다는 아이들
전교생이 양성평등 글짓기 한 게 엊그젠데
우리 학교 체육 시간엔 양성 불평등 쩐다

—「양성 불평등」 부분


얼굴 까매져도 상관없고
추워도 괜찮다
어른 돼서도 푸른 운동장을
맘껏 뛰어다닐 수만 있다면
키가 한 뼘 작아진대도 캡송이다

—「캡송」 부분

시의 화자들은 체육 선생님에게 문제를 제기하고, 할아버지가 말려도 체육 선생님이 되겠다고 다짐한다. 이들은 익숙한 여성다움을 그대로 수용하고 수행하는 것이 아니라, 문제를 인식하고, 이견을 제기하고, 대안을 찾고, 꿈을 꾼다.

시인은 섹스, 나아가 섹슈얼리티의 문제도 정면으로 다룬다.

그날은 기억력이 참 좋기도 하지
한 달에 한 번 잊지도 않고
꼬박꼬박 찾아오니 말이야
자존심도 없는 그날
내가 끔찍하게 싫어하는데도
찾아와서는 일주일씩 머물다 가네
자존심 없긴 나도 마찬가지
싫어 죽겠으면서도
며칠 전부터 맞을 준비를 하네
손수건을 빨아 두고
학교 화장실이며 공중화장실
뻔질나게 들락거리며 휴지를 모아 놓지
20세기 가장 위대한
발명품 중의 하나라는 생리대

친구들한테 빌리는 것도 하루 이틀

보건 샘한테 달래기도 하루 이틀

그걸 언제쯤 맘 놓고 써 보나

그땐 그날도 기분 좋게 맞아 줘야지

미안하다 그날

—「그날」 전문

「그날」은 2016년에 우리 사회에 큰 충격을 주었던 '깔창 생리대 사연'을 투영하고 있다. 아버지와 함께 어렵게 살고 있던 초등학생이 아버지에게 차마 값비싼 생리대를 사 달라고 말하지 못하고 신발 깔창으로 생리대를 대신해 왔다는 사연. 이 가슴 아픈 사연으로 우리 사회는 저소득층 십 대 여성들의 생리 고충을 비로소 알게 되었다.

「그날」의 화자가 생리를 끔찍하게 싫어하는 것도, 생리를 맞을 '특별한 준비'를 하는 것도 마땅한 생리대가 없기 때문이다. 하지만 화자는 마치 싫어하는 손님이 오는 것마냥 담담하게 이야기한다. 오히려 생리대만 마음껏 쓸 수 있다면 생리를 싫어하지 않을 거라며 생리에게 사과하는 마음 씀씀이가 따뜻하다.

다음으로, 사회적으로 금기시되어 온 십 대 여성들의 임신, 출산, 그리고 비혼모를 주제로 다루었다. 우리 사회에서 십 대 여성은 무성적인 존재로 간주되고, 성적 주체로 인정받지 못하기에 성적 자기 결정권도 행사하지 못한다. 성평등한 성교육을 받을 기회도 거의 없다. 더욱이 십 대 여성들의 임신과 출산을 백안시하고 모든 책임을 십 대 여성에게 묻는 현실에서 십 대 여성들의 임신과 출산은 사회적 의제가 되지도 못했다. 다만 십 대 여성들은 아이를 낳아도, 낙태를 해도 비난만 받을 뿐이다.

배가 불러 오자 엄마는 집을 나가라 했다
자식이 아니라 원수다 니는
어데 가서 콱 뒈져 뿌리라
대문 밖으로 신발을 던져 버렸다

원수라는 말이 가슴에 박혔다
배 속의 너도 원수일까?
너 때문에 자퇴했고 알바에서 잘렸고
집안에서 원수가 됐다

—「신발」 부분

두려움에 떨며 열여덟 살 어린 엄마는 급히 걸어가네
신음하는 아이를 꼭 껴안고서
그녀가 비탄과 걱정에 싸여 베이비 박스에 도착했을 때
품 안에 있는 아이는 자고 있었네

—「베이비 박스 100미터 전」 부분

언제부턴가 학교도 다니지 않던 언니는
핏덩이만 낳아 놓고
다시 올 수 없는 곳으로 가 버렸다
차비가 들지 않아서 그곳을 선택했을까

아무도 몰랐다
언니가 임신했다는 거
그리고 그곳으로 갈 거라는 거

—「선화 언니」 부분

「신발」의 화자와 「베이비 박스 100미터 전」의 '열여덟 살 어린 엄마', 「선화 언니」의 '선화'는 동일 인물일 수도, 아닐 수도 있다. 그러나 이들에게 놓인 현실이 가혹하다는 사실은 다르지 않다. 임신했다는 이유로 학교, 일터, 집에서 쫓겨나는 일이 다반사고, 다행히 쉼터에 들어가도 입양을 보내야 할지, 키워야 할지 고민하며 피눈물을 흘린다. 입양도, 양육도 못 해 아기를 베이비 박스에 맡기거나 누구의 도움도 받지 못해 자살을 선택하기도 한다. 이는 어린 나이에 임신과 출산을 했다는 이유로 십 대 여성들의 삶과 존엄을 외면하는 우리 사회의 민낯이다. 시인이 그린 이들의 현실은 먹먹하기만 하다.

## 안쓰러움이 아니라 응원을

이렇게 김애란 시인은 현재의 다양한 십 대 여성 이슈를 시에 담아내고 있다. 시인의 시를 읽고 있으면 우리 사회가 지금까지 외면해 왔던 십 대 여성들의 얼굴이 보이고 목소리가 들린다. 시를 통해 이미지와 상상 속에 있던 십 대 여성들이 현실로 공간 이동을 하는 모양새다. 그런데 시에서 전해지는 감정은 주로 '외로움'이다. 학교도, 집도, 가출 팸도 십 대 여성들에게 안식처가 되지 못한다. 가족, 친구, 선생님, 애인 등이 등장하기는 하지만 십 대 여성들을 지지하고, 도와주고, 이해해 주는 이들은 별로 없다. 혼자서 고군분투하는 십 대 여성들의 모습이 눈에 선해서 시에서 간간이 나오는 십 대 여성 특유의 발랄함, 열정, 자유로움이 더 반짝이고 반가웠다.

하지만 현실의 십 대 여성들이 바라는 것이 어른들의 안쓰러움은 아닐 것이다. 누군가가 대신 말해 줄 수 없는 십 대 여성들의 삶과 생각과 감정은 매우 다양하고 다층적일 테다. 외로우면서도 씩씩하게, 힘겹지만 지혜롭게 하루하루를 살아가고 있을 십 대 여성들에게 심심한 위로와 응원과 존중의 마음을 보낸다.

## 시인의 말

『난 학교 밖 아이』를 낸 지 어느덧 2년 남짓의 시간이 지났습니다. 학교를 다니지 않는 아이들뿐 아니라 학교 다니는 아이들조차도 '학교 밖 아이'라는 말을 탐탁지 않게 생각한다는 사실을 압니다. 차별적 언어이기 때문이지요. 그럼에도 학교를 다니지 않는 청소년의 정식 명칭이 아직까지 '학교 밖 청소년'이니 어쩔 수 없이 저 말을 가져다 썼습니다. 내내 미안하고 부끄러웠습니다. 그 미안함과 부끄러움을 조금이나마 덜고 싶어 다시금 펜을 들었습니다.

『보란 듯이 걸었다』에는 알게 모르게 행해지고 있는 차별에 항거하는 우리 청소년들의 몸짓을 담으려 했습니다. 그 몸짓은 아주 조용히, 때로는 보란 듯이 나타납니다. 다소 서툴기도 하지요. 그러나 그냥 지나칠 수 없게 합니다. 잠시 멈춰 서 바라보게 합니다. 잠시 멈춰 서 우리 아이들의 몸짓을 바라보며 아하!
하는 친구들과 어른들이 많았으면 좋겠습니다. 아이들이 공부
를 하든, 일을 하든, 연애를 하든, 무슨 일을 하든 차별받지 않
았으면 좋겠습니다. 누가 뭐래도 자신만의 방식으로 당당하게
살아가면 좋겠습니다.

2019년 겨울
김애란

**창비청소년시선 26**

보 란 듯이 걸었다

초판 1쇄 발행 • 2019년 12월 18일
초판 3쇄 발행 • 2020년 10월 30일

지은이 • 김애란
펴낸이 • 강일우
편집 • 한아름·정편집실
펴낸곳 • (주)창비교육
등록 • 2014년 6월 20일 제2014-000183호
주소 • 04004 서울특별시 마포구 월드컵로12길 7
전화 • 1833-7247
팩스 • 영업 070-4838-4938 / 편집 02-6949-0953
홈페이지 • www.changbiedu.com
전자우편 • textbook@changbi.com

ⓒ 김애란 2019
ISBN 979-11-89228-85-9 44810

＊이 책은 경기문화재단, 한국문화예술위원회의 문예진흥기금을 보조받아 발간되었습니다.
＊이 책 내용의 전부 또는 일부를 재사용하려면
    반드시 저작권자와 (주)창비교육 양측의 동의를 받아야 합니다.
＊책값은 뒤표지에 표시되어 있습니다.